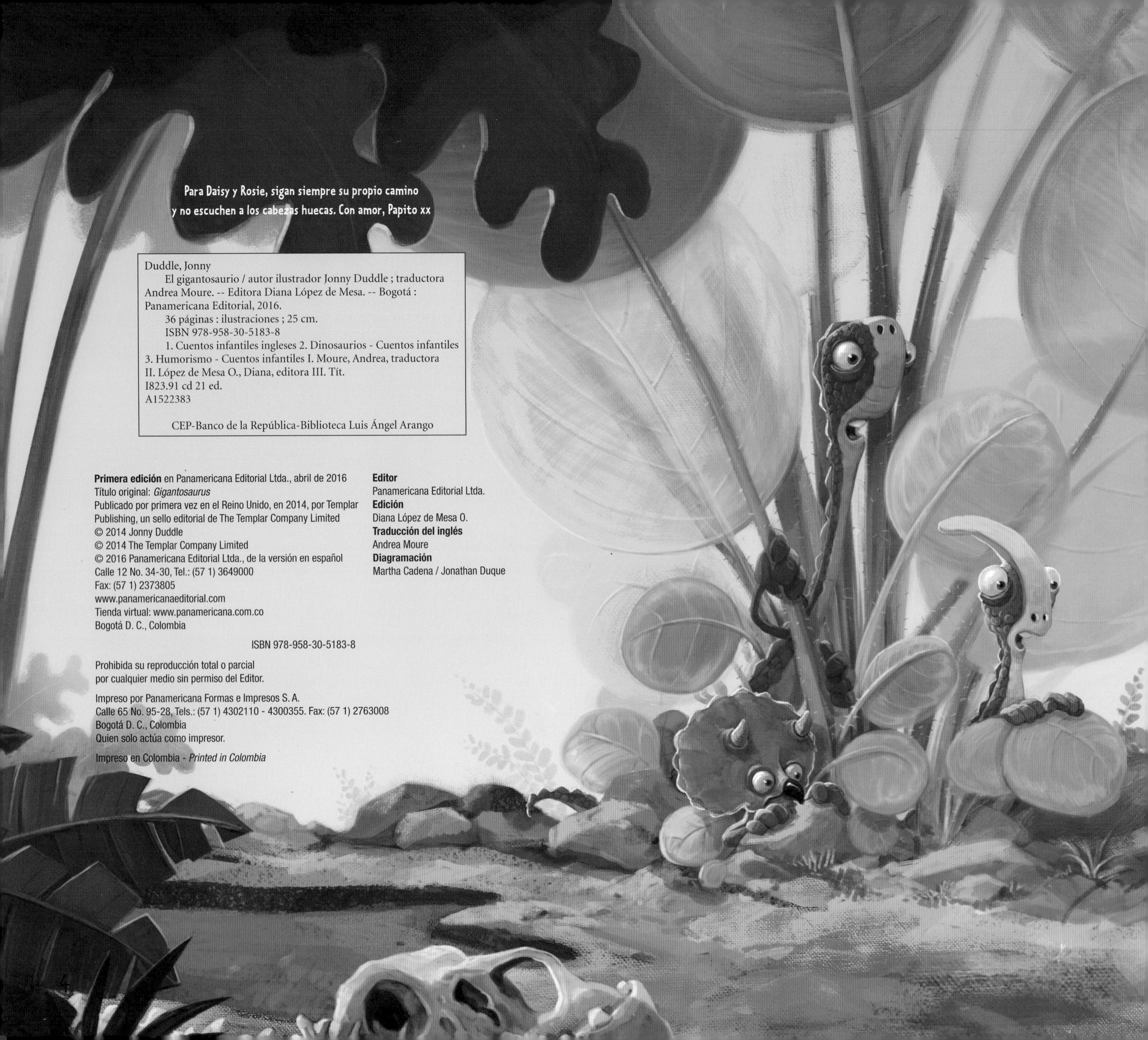

Para Daisy y Rosie, sigan siempre su propio camino
y no escuchen a los cabezas huecas. Con amor, Papito xx

Duddle, Jonny
El gigantosaurio / autor ilustrador Jonny Duddle ; traductora Andrea Moure. -- Editora Diana López de Mesa. -- Bogotá : Panamericana Editorial, 2016.
36 páginas : ilustraciones ; 25 cm.
ISBN 978-958-30-5183-8
1. Cuentos infantiles ingleses 2. Dinosaurios - Cuentos infantiles 3. Humorismo - Cuentos infantiles I. Moure, Andrea, traductora II. López de Mesa O., Diana, editora III. Tít.
I823.91 cd 21 ed.
A1522383

CEP-Banco de la República-Biblioteca Luis Ángel Arango

Primera edición en Panamericana Editorial Ltda., abril de 2016
Título original: *Gigantosaurus*
Publicado por primera vez en el Reino Unido, en 2014, por Templar Publishing, un sello editorial de The Templar Company Limited

Calle 12 No. 34-30, Tel.: (57 1) 3649000
Fax: (57 1) 2373805
www.panamericanaeditorial.com
Tienda virtual: www.panamericana.com.co
Bogotá D. C., Colombia

ISBN 978-958-30-5183-8

Impreso por Panamericana Formas e Impresos S. A.
Calle 65 No. 95-28, Tels.: (57 1) 4302110 - 4300355. Fax: (57 1) 2763008
Bogotá D. C., Colombia
Quien solo actúa como impresor.

Impreso en Colombia - *Printed in Colombia*

Editor
Panamericana Editorial Ltda.
Edición
Diana López de Mesa O.
Traducción del inglés
Andrea Moure
Diagramación
Martha Cadena / Jonathan Duque

EL GIGANTOSAURIO

Jonny Duddle

PANAMERICANA
EDITORIAL
Colombia • México • Perú

Millones de años atrás,

donde el río de lava llegaba a su final,

en el límite de la selva donde los herbívoros comían,
cuatro pequeños dinosaurios pasaban sus días
jugando bajo el sol del Cretácico,
siguiendo huellas y pasándola fantástico.

Las mamás dinosaurios decían:

Con sus dientes
gigantes,
te comerá en
un instante.
¡Sus pisadas hacen PUM!
¡Sus quijadas hacen CRAC!
¡En un abrir y cerrar de ojos,
puede contigo
saciar sus ANTOJOS!

Cabezadura, Chiqui,
Crestudo y Piquito
van a jugar
a la colina un ratito.
Del Gigantosaurio
no se podían olvidar,
pero Cabezadura dijo:

Todos de acuerdo
van a estar...
¡un vigía
necesitamos y
yo soy el MEJOR!
Desde el nido de
termitas tendré
una buena
visión.

Pero solo pasó un minuto
y se oyó a Cabezadura gritar:
¡Es el
GIGANTOSAURIO!
¡Váyanse a
ocultar!

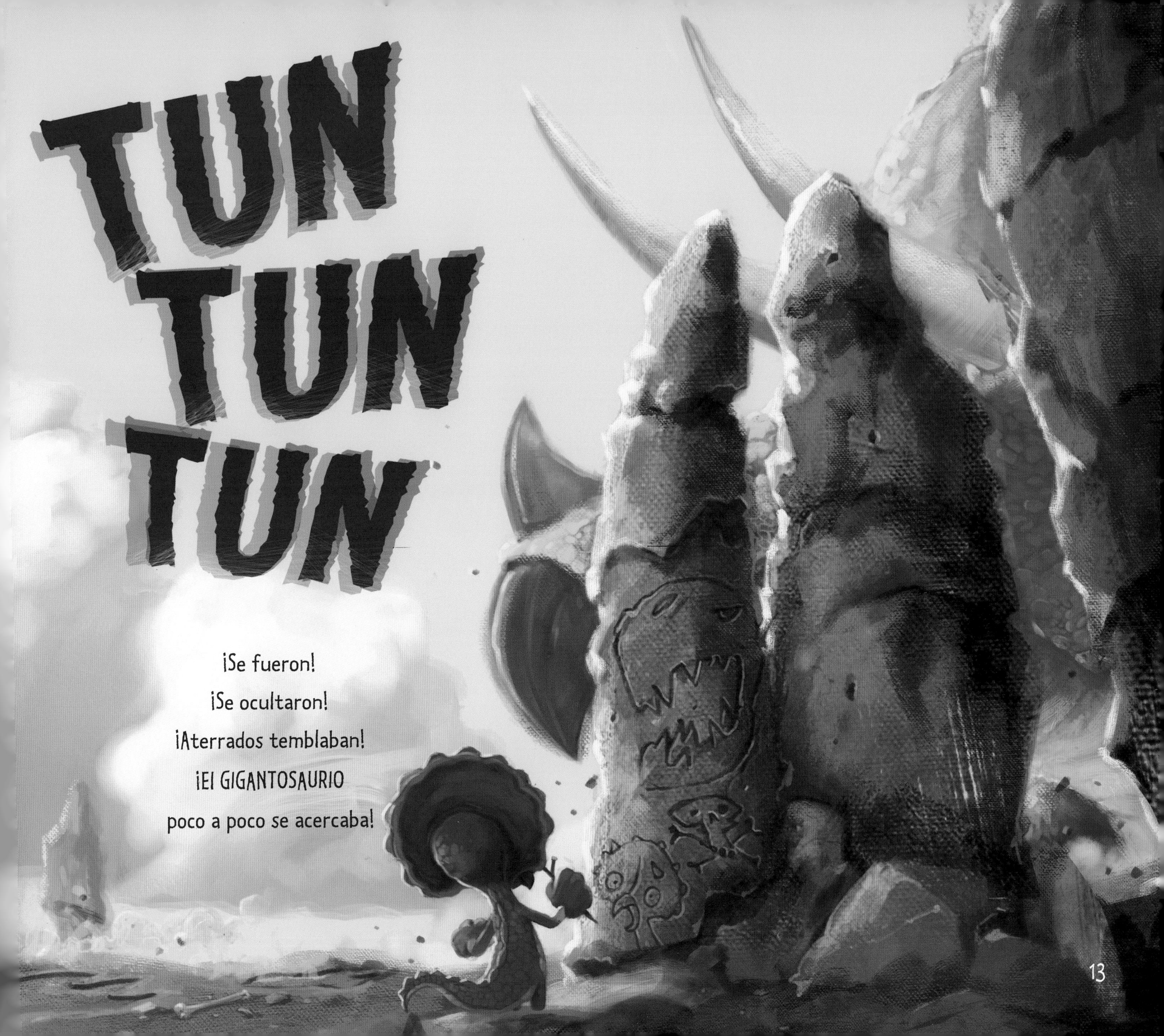

¡Se fueron!

¡Se ocultaron!

¡Aterrados temblaban!

¡El GIGANTOSAURIO

poco a poco se acercaba!

Pero no hubo PUM.
No hubo CRAC.
Ningún monstruo feroz
venía a almorzar...
—¡Solo es el
TRICÉRATOPS!
—dijo Cabezadura
burlonamente—.
¡Se fueron!
¡Se ocultaron!
¡Actuaron
TONTAMENTE!...
Hola, papá.
Hola, hijo.

... Pero respondieron muy bien
a este simulacro.
Ahora voy a vigilar
desde esa roca
por un rato.

Poco después se oyó a Cabezadura gritar:

BOM
BOM
BOM
¡Se fueron! ¡Se ocultaron!
¡Aterrados temblaban!
¡El GIGANTOSAURIO
poco a poco se acercaba!

Pero no hubo PUM.
No hubo CRAC.
Ninguna fiera hambrienta
venía a merendar...

—¡Es el viejo DIPLODOCO!
—dijo Cabezadura burlonamente—.

¡Se fueron! ¡Se ocultaron!
¡Actuaron tontamente!...

... Pero el peligro acecha,
no se puede negar.
Desde ese enorme helecho
voy a vigilar.

Pero luego un grito
los hizo estremecer...

¡El GIGANTOSAURIO!
¡Salgan a CORRER!

TAN TAN TAN

¡Se fueron! ¡Se ocultaron!

¡Aterrados temblaban!
¡El GIGANTOSAURIO
poco a poco se acercaba!

Pero no hubo **PUM**.
No hubo **CRAC**.
Ningún carnívoro
con ganas de almorzar...

—¡Solo es el **ESTEGOSAURIO**!
—dijo Cabezadura burlonamente—.
¡Se fueron! ¡Se ocultaron!
¡Actuaron
TONTAMENTE!...

... Pero al menos aprobaron
el último simulacro.
Voy a ese acogedor nido
a dormir un rato.

Segundos después un
grito se volvió a escuchar...

¡El GIGANTOSAURIO!
¡Todos a volar!

Y aunque sus amigos oyeron
lo que Cabezadura decía,
ya estaban convencidos
de que siempre les mentía.

—¡Ya basta!
—dijo Piquito—,
nos vamos a explorar.
Y contigo JAMÁS
volveremos a jugar.

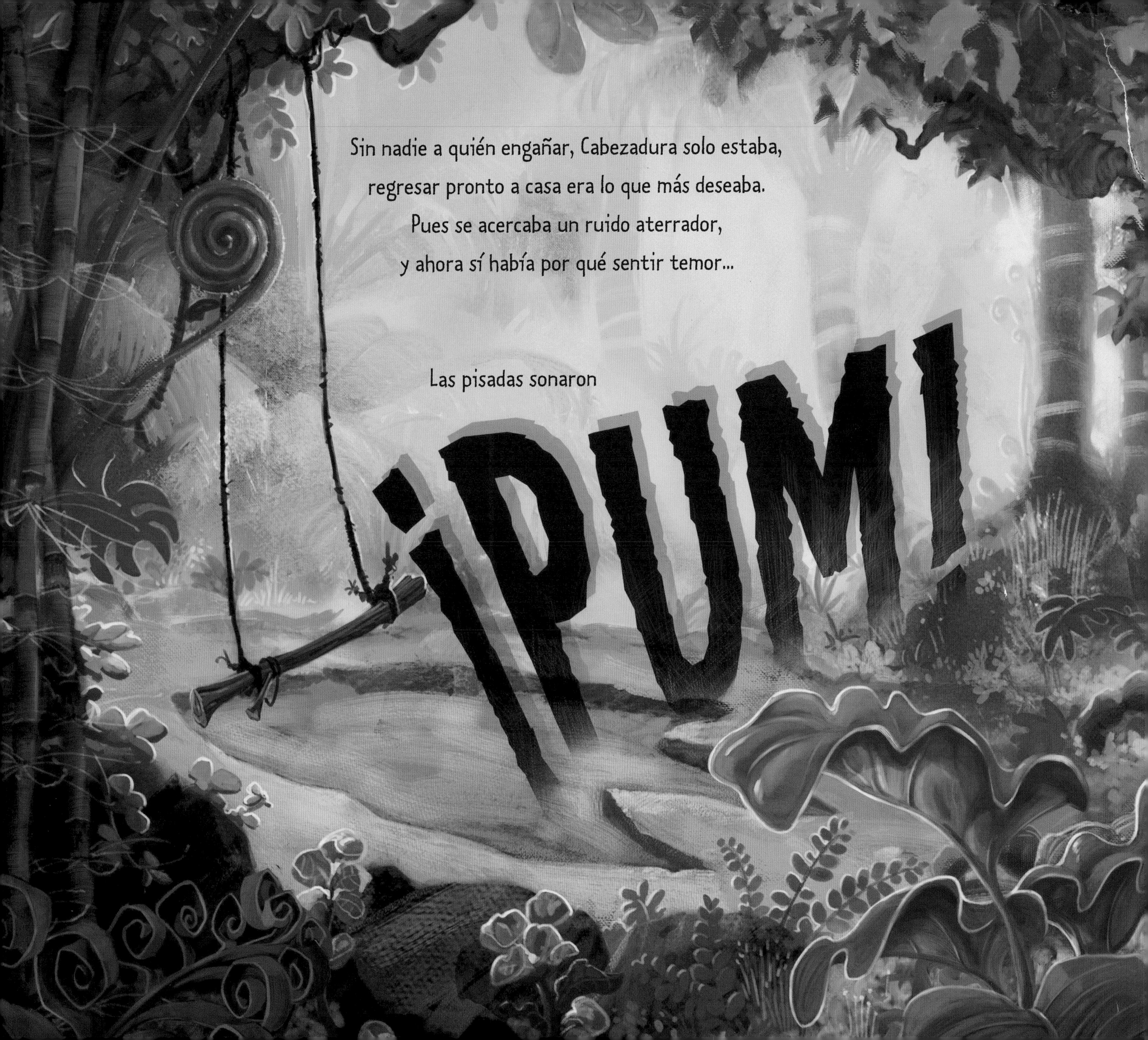

Sin nadie a quién engañar, Cabezadura solo estaba,
regresar pronto a casa era lo que más deseaba.
Pues se acercaba un ruido aterrador,
y ahora sí había por qué sentir temor...

Las pisadas sonaron

¡PUM!

Las QUIJADAS hicieron...

¡CRAC!

Y el GIGANTOSAURIO pudo almorzar.

Los amigos de Cabezadura
pronto regresaron
al escuchar las ramas del árbol
que se **quebraron**.
Pobre
Cabezadura,
es una
calamidad...
... que su travesura tuviera
este triste final.

Pero entonces escucharon
un apagado quejido
que venía de los restos
que quedaron del nido...

¡Aquí estoy!
¡Soy YO! ¡He sobrevivido!
Lamento el engaño y haberles mentido.
Pero esta vez la verdad estoy diciendo:
¡Un TERODÁCTILO
los está siguiendo!

Y aunque Cabezadura pensó que huirían llenos de terror,
sus amigos no se movieron y dijeron:
"¡Sí, cómo no!".

CONOCE A LOS DINOSAURIOS DE ESTE LIBRO...

PARASAUROLOFO

Los paleontólogos* creen que este dinosaurio usaba su larga cresta para producir sonidos.

TRICÉRATOPS

Este dinosaurio tenía un enorme cráneo, correspondía a una tercera parte de su cuerpo.

ANQUILOSAURIO

¡Un adulto podía llegar a pesar entre 5 y 6 toneladas!

ESTEGOSAURIO

A la cola cubierta de púas de este dinosaurio se le conoce como *thagomizer*.

*Paleontólogo: científico que estudia las épocas prehistóricas.

BRAQUIOSAURIO

¡La mamá de Chiqui es una herbívora realmente enorme que crecerá hasta llegar a ser incluso más grande que el diplodoco!

DIPLODOCO

Este dinosaurio gigante tenía un cerebro ridículamente pequeño.

TERODÁCTILO

Aunque los terodáctilos no existieron, es así como la mayoría de las personas llaman a los terosurios (lagartos voladores). Lo que Cabezadura quiso decir fue "teranodonte" o, específicamente, Quetzalcoatlus, pero no pudo pronunciarlo.

GIGANTOSAURIO

¡Este aterrador dinosaurio fue inventado para este libro!*